이 왕관이 나는 마음에 드네

황유원

이 왕관이 나는 마음에 드네

황유원

PIN

014

차례

블루스를 부를 권리 9

알 수 없는 아티스트Unknown Artist 12

사냥 고기 냄새 20

네부카드네자르 26

즉흥 탱고—Vampyr! 30

골 때리는 아름다움—자이살메르성城의 추억 34

골 때리는 아름다움—문제의 핵심 38

거울 대잡설大雜說 42

문제작 / 연기와 거울 / 전면 거울 /
도파민 믹스테이프mixtape / 응급실 / 데칼코마니

골 때리는 아름다움—대가리 속 회오리 60
골 때리는 아름다움—창백한 푸른 점 62
즉흥 탱고—6′ 23″ 64
전율의 밤 68
염소와 유령 74
대왕가오리의 고독 78
자동권총 82

에세이 : 양육관羊肉串의 괴로움—동대문 101

PIN

014

이 왕관이 나는 마음에 드네

황유원

시

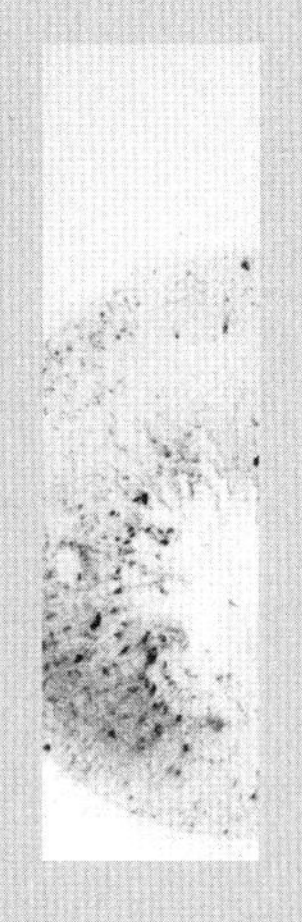

블루스를 부를 권리

누구나 블루스를 부를 권리가 있어
슬플 때 슬퍼할 줄 알고
기쁠 때 기뻐할 줄 아는 사람이라면 누구라도

감정 따윈 흘려보내는 거야
창밖의 빗물처럼
그건 가만히 있기만 해도 고이는 거니까
바닥날까 걱정할 필요는 없는 거야

슬플 때 슬퍼할 줄 알고
기쁠 때 기뻐할 줄 아는 사람이라면 누구나
비록 사람이 아닐지라도
개미에게는 개미의 블루스를
여치에게는 여치의 블루스를

꼭 흑인이 아니어도 누구나
흑인영가를 부를 수 있는 것처럼
무릎을 꿇고 우는 모습이 아름다운 사람이라면
꼭 사람이 아니더라도
나방 각다귀 바퀴벌레
혹은 엉겅퀴라도
아니면 그것들 모두 다 마구 뒤엉켜서라도
흑인영가를 부를 수 있어

흑인영가를 부르며 왕국을 건설할 권리가 있어
개미에게는 개미의 왕국을
여치에게는 여치의 왕국을

다들 열심히 자신들의 왕국을 건설해나갈 때
내일의 블루스는 오늘부로 더 이상 우리가 알 바

아닌 게 돼버리고

저마다 한 왕국의 왕이 된 우리를 위해
창밖으로 비가 퍼붓는 동안
길 위에는 무수히 많은 왕관들이 생겨났다 사라져가고 있어

미치광이들에게만 씌워주는 왕관
미치광이들만이 당당하게 쓸 수 있는 왕관

그 왕관들이
강물처럼 흐르며 블루스를 부르고 있어

알 수 없는 아티스트Unknown Artist

안녕하세요

알 수 없는 아티스트입니다

알 수 없는 아티스트가 대단하다

오늘 아침 어머니께서 물통에 둘러진 연두색 띠를 보면 마음이 편해진다 하시니

물통에서 풀벌레들 뛰쳐나온다 거실에 풀벌레 울음 흘러넘친다 거실이 온통 풀밭이 된다 물에 빠진 풀벌레들을 물고기들이 잡아먹는다……

물통은 알 수 없는 아티스트입니다

그는 노래합니다

물이 든 병에 천천히 꽃다발을 꽂아주듯

병든 꽃다발에 천천히 물을 부어주듯

서로 상처 주고

또 용서하고……

저녁에는 배 속에 정액을 잔뜩 품은 암개미들이 방충망 구멍을 통해 거실로 몰려듭니다
작년엔 백 마리쯤 죽였는데
올해는 또 몇 마리나 죽여야 하는 걸까요?
알 수 없는 아티스트입니다
알 수 없는 왕국입니다
오늘 다 내 손에 생명을 마감할 것이기에……

아까는 오랜만에 동네 공원에 가봤더니
나무가 베어져 있었습니다
화났을 때 가서 발로 마구
걷어차던 나무
지금 그 나무는 밑동만을 남긴 채 통째로 사라져 버렸습니다

그때 좀 더 자주, 세게 차도 됐을걸……
하는 한심한 마음을 품게 하는 동시에
그때 한 번이라도 덜 걷어찰걸
하는 갸륵한 마음도 품게 하는
그 나무 밑동도 알 수 없는 아티스트입니다

태풍이 북상해 다른 모든 나무들 파도치는데
그 속에서 홀로 흔들릴 것도
부러질 것도 없는 노래를 웅얼거리는 나
알 수 없는 아티스트입니다
알 수 있으면 아티스트가 아니겠지요
아트라면 뭐가 됐든
일단은 혼란한 마음
그게 소닉아트든 정크아트든
미니멀아트든 프리미티브아트든……

그래요, 인레호숫가의 어느 민가에 들어갔다가
어둠 속에서 그가 꺼내 온
버마 하프를 본 적이 있습니다
어둠 속에서 제가 물 한 잔을 따르자
그 하프는 문득 한 척의 배가 되어
여행으로 느슨해진 제 마음속을 한도 끝도 없이 흘러갔었죠
끝이 정해진 아티스트도 있습니까?
돌아갈 곳 잠시 잊은 마음은 얼마나 완전무결합니까?

지금 제 마음은 어쩐지 그날 본 하프에 실려
이렇게 또 망망대해를 건너가는군요
그이의 무릎 위에 고이 얹힌 채

오른손의 철두철미한 보살핌을 받으며……

그러다 문득 선장이 제게 그 하프의 가격을 제시합니다
별로 사고 싶지 않다고 했더니 깎아주겠다고 하고
그래도 싫다니 배를 침몰시켜버리곤
매몰차게 혼자 떠나버리네요
인정합니다
그 정도면 선장 당신도 썩 훌륭한 아티스트입니다
그렇게 훌륭할지는 미처 알지 못했지만

그래요, 다들 안녕하세요, 반갑습니다
알 수 없는 아티스트입니다
한 치 앞도 알 수 없으면
더욱 재미있습니다

가끔 꿈에도 몰랐다는 듯
일부러 좀 놀라 자빠져도 주고요

왜, 옛말에도 있잖아요
넘어진 김에 쉬어 가는 거라고

오늘만은 넘어진 저의 이 불결한 아트를
아름답게 하소서
제가 영원히 모르겠나이다
알고도 모른 척
조용히
입 다물고 살아가겠나이다

그렇다고 모르는 게 무슨
자랑이라는 건 아니지만

우리 모두가 수면 아래로 침몰하게 될 그 날까지
알기 위해 끊임없이 발버둥 쳐야
옳은 거겠지만……

히히, 장난입니다
알 수 없는 아티스트가 대단하다!
너무 많이 알려고 하다 코가 깨지고 이마가 깨져
얼굴도 채 알아볼 수 없게 돼버린 신세
잘생기고 못생기고의 세계 따윈 온통, 초탈해버
린 존재!

그래봤자 그는
뒤늦게 돌아갈 곳 아무리 찾아봐도
더는 돌아갈 곳이 아무 데도 없게 된
한낱 신원 미상의 '젊은' 아티스트……

그러나 아직 이렇게 시퍼렇게 눈 뜨고 살아 있다는 확신이 주는 감동은 또 얼마나 완전무결한 것이란 말입니까?

그러니 제가 영원히 모르겠나이다

사냥 고기 냄새

사냥 고기가 썩기 시작하면서 풍기는 분위기—

마트에서 사 온 고기와는 영 딴판이다
저마다 다르지
불치와 매치의 맛 또한
총의 맛이 있고
칼의 맛이 있는 법

사냥 고기가 썩기 시작하면서 풍기는 분위기—

칼 맞은 구멍에서 피가 밖으로 외출하듯
총 맞은 구멍에서 피가 밖으로 쫓겨나듯
모두 다 외출하고
쫓겨나고 나면
텅 비어버린 육신의 고요는 이제 곧

다른 누군가의 차지가 되고 마는 법

다들 썩기 시작해
식기 전에 얼른 배 속으로 옮겨줘야 할
따뜻한 요리처럼은 더 이상
따뜻하지 않고
추워
포송령이 한밤중에
귀신들의 눈을 피해 써 내려간 서문처럼
텅 빈 오한이 들고

뜨거운 머리에 와닿는 차갑고 묵직한 가위의 날로
또 누구의 가죽을 오려볼까?
가위 움켜쥔 채
온몸 자르며 지나가는 억센 손아귀

그 귀신같은 솜씨로
오늘은 또 누구의 배 속에서 무엇을 끄집어내볼까?

차가운 냉동고 속에 갇히지도
방부 처리도 되지 않은 채 썩어가는 사냥 고기가
구석에서 고요히 썩어가며 발휘하는 힘과

바야흐로 내가 썩기 시작하면서
풍기는 분위기—

다들 환호한다
나의 썩음이
그들의 썩음이 머지않았음을 알려주므로
우리는 내가 썩어도 썩고

내가 썩지 않으면 더 빨리 썩는다
그 향기로운 생각에 취해 다들
당장 썩어도 여한이 없을 듯한 표정들이 되어
환호! 또
환호!

……그리고 마침내

세상 모든 사냥꾼들이 사냥감으로 변하기 시작하면서 풍기는 분위기—

방금 전까지만 해도 동료였던 자가 이제는 나를 쫓고
나는 그와의 어깨동무를 풀고 황급히,
달아나기, 시작한다

사냥감을 쫓을 때는 미처 느껴보지 못했던 이 짜릿함이란!

바쁜 와중에도 사냥꾼에서 사냥감으로 변하는 기분을 음미하며
슬슬 또 썩어가는 분위기를 풍기며

오늘도 세상 모든 사냥꾼들의 귀감이 되어간다

네부카드네자르

나는 네부카드네자르를 마신다
그대는 겨우 여로보암을 마시는가
고작해야 르호보암이나 므두셀라를 마시는가
나는 이렇게 보란 듯이 네부카드네자르를 마시고

시드기야의 눈알을 도려내고
그의 아들들을 모두 죽였을 때의 맛
네부카드네자르의 꿈을 해석하지 못하면
사지가 찢겨 죽고 만다
그리하여 사지가 찢어지도록 넓게 퍼지는 맛
두 번째 꿈을 꾸고서
이윽고 왕궁에서 쫓겨나 황야에서 살아가는 맛

포도주 20병이 1병일 수밖에 없는 사람이 마시는 포도주와

아무리 퍼마셔도 포도주 1병을 절대 포도주 20병으로 만들 수 없는 사람이 마시는 포도주 맛이

아무래도 같을 순 없겠지

네부카드네자르

그것은 일반 포도주 20병 분량의 포도주가 들어가는 병이고

그걸 다 마신 나는 네부카드네자르가 꾼 꿈을 처음부터 모두 다시 꾸어본다

해몽가 따윈 필요 없어

어차피 이미 다 해석된 꿈

그래도 분노는 쉽게 사그라지지 않고

오늘도 난 꿈속이면 어김없이 외쳐댄다

"너희를 모두 죽이라는 엄명을 내리겠노라!

네놈들을 모조리 다 불구덩이에 처넣어버리고야

말겠어!

스테이크로 구워 술안주로 삼아도 시원찮을 놈들……"

오오, 그래그래

오늘 이 맛은 드디어

헐벗은 동물이 되어 광야를 헤매는 맛!

하하하하하! 『다니엘서』 4장 33절에 적힌 그대로니라

바야흐로 "머리털이 독수리 털과 같이 자랐고

손톱은 새 발톱과 같이 되었더라"

20병들이 병에서는 이제

탈탈 털어도 술 한 방울 안 떨어지고

이제 육신은 빈 병이나 마찬가지가 되어

손톱으로 두들기면 맑은

음악 소리를 낸다

네부카드네자르

그 장면을 끝으로 더는 무대에

등장하지 않는 맛

즉흥 탱고
—Vampyr![*]

핥다 보면 혀끝은 늘
짭짤해집니다
언젠가 거기까지 밀려온 바다가 있었고
이제는 다 말라버렸다는 증거

단지 몇 개의 하찮은 각오와 마음의
준비가 필요할 뿐입니다
이를테면 당신은 당신의 일생을 죄다 망쳐버릴
각오가 되어 있습니까
탱고는 사계절이 아니라 사계절을 다
밟고 지나가야 하는 횡단열차여야만 하므로
당신은 사계절이 짓밟히는 풍경 앞에서 한껏 여
유를 부릴
준비가 되어 있습니까

결국 다 피와

살로 만든 겁니다

둘이 살을 섞고 칼로 그은 자리에서

저절로 그윽하게

배어 나오는 겁니다

러닝타임이 다 끝나가는 살들 속에서

어디에도 파묻힐 수 없이 헐벗게 되었을 때

탱고가 내 피를 빤 것인지 내가 내 피를 이만큼 먹여 탱고를 저만큼

키운 것인지 헷갈리기 시작할 무렵 위와 같은 질문을 대략

백 개쯤 암송하며 줄줄이 자문자답할 수만 있다면

누구나 저절로 알고

저절로 망치게 됩니다

누구도 당신의 탱고를 대신
핥아줄 순 없습니다 당신이 몸소 허릴 숙이고
무릎 꿇고 할짝할짝 열심히
핥아줘야 하는 거겠죠
다들 뻔히 지켜보는 가운데
오직 당신의
피와 살로써

당신의 피와 살을 출렁이고 이동시킬 수 있는 건
지금으로선 당신이
유일하니까

* 트리스탄 뮤라이Tristan Murail의 곡

골 때리는 아름다움
—자이살메르성城의 추억

미모란 다만 가죽 한 꺼풀에 지나지 않는다
그 얇디얇은 살을 벗기고 나자
그녀는 더 이상 미인이 아니게 되었고
그는 정상의 인기에서 그만 내려오게 되었다

커다란 눈, 오뚝한 코, 날렵한 턱선……
고작 이따위 것들이 미모의 3요소라니

썩어빠진 세상이다
그리고 썩어빠진 세상 옆에 우뚝 선 당신은
자이살메르성벽 아래로 육고기나 던지며
창공에
독수리의 선회를 기른다

흉내 내는 게 하늘인지 독수리인지 알 수 없을

카마이차kamaicha 소리 몇 점
멀리서 날아들고

말갈기 활, 염소 창자 현, 망고나무 몸통……
다름 아닌 이런 것들이 카마이차의 3요소

그것은 악기가 아니다
악기를 연주하는 사람의 손길과
그 손길을 만들어낸 육신과 정신의 통일
조화로운 손길에 에너지를 실어 나르는
음식들이 생존했을 때 길렀던 힘과 마음!

마음은 하늘로
힘차게 퍼져나간다

둥글게……

둥글게……

아름다움 몇 점만으로 오늘도 힘차게
지구의 골을 때리며

골 때리는 아름다움
—문제의 핵심

머릿속 종탑 안에 박쥐가 들어왔어[†]

한 마리… 두 마리… 세 마리…

머릿속 종탑이 멋대로 시간을 알려줘

지난주에는 쓰러져 잠들었다가도 정오에 치는 교회 종소리에 정신이 불현듯 맑아져 깨어나곤 했는데…

이제는 자정에도 종이 울리네

마치 내가 죽었다는 듯이

어서 나의 장례식에 참석하라고

너 아까 죽었는데 지금 여기서 대체 뭘 하고 있느냐는 듯이!

그래

누군들 머릿속 종탑 안에 박쥐 한 마리 없겠느냐 말이지

잠들어 있을 뿐

날아다니는 가여운 박쥐들을 그 커다란 종으로 때려서

기절시켰을 뿐

그런다고 박쥐는 죽지 않아

그건 죽지 않지

애초에 없는 것이 죽을 수는 더더욱 없는 노릇 아니겠어?

하지만 그것은 없지만은 않아

그게 문제지

그게 문제야

딱 있지도 않지만 없지만도 않다는 거

그게 바로 모든 문제의 핵심이지

지금 너와, 나와, 우리가 처한 상황을 모두 하나로 이어주는

무인도에 단둘이 떨어져도 평생 쌩까고 싶을 만

큼 서로 다른 우리를 이어주는

유일한 진리고, 평화고, 축복이지

뭬야?

그래 이번만은 네가 좀 이해해주라

이건 내가 하는 말이 아니라

내 머릿속 종탑을 자기 멋대로 울려대는 박쥐의 말이니까

박쥐는 세 마리… 두 마리… 한 마리…

점점 줄어들어 이제는

0마리… -1마리… -2마리…가 되어가고 있네

핫핫핫

그것 참 잘되었다

나는 마이너스의 음악 속에서

제로를 넘어 소멸을 넘어

마이너스 무한대로 쫄아드네

무한대로 낮은 곳까지 스며들어

질병처럼

고독사처럼

죽어서도 함께하고 싶지 않은 우리의 썩은 표정이

박쥐 똥 냄새를 풍기며

우뚝 솟은 종탑 꼭대기에서

박쥐 똥 냄새로 뒤덮인 어두운 지하 동굴 아래로 추락하네

초고층 빌딩의 초고속 엘리베이터처럼!

† have bats in the belfry. 머리가 돌았다는 뜻.

거울 대잡설大雜說

문제작

그러니까 거울, 거울은 얼마나 친절합니까? 뒤돌아보지 않아도 뒤를 보여줍니다

혼자서 오후의 뒷골목을 통과해 갈 때
뒷골이 당기기 시작하죠 아무리 걸어도 아무도 나타나지 않을 때, 뒤돌아보지 않으려는 힘이 뒤통수에 주렁주렁 눈알을 달아서 뒤를 더욱 묵직하게 합니다

머리채가 무거워집니까? 갑자기 속도를 내는 당신
누가 자꾸 따라옵니까? 두렵습니까? 바보
그건 당신이 만들어낸 것, 자신을 무서워하는 바보가 어디 있습니까? 당신은 당신 자신이 무섭습니까?

이를테면 악몽, 그건 당신 일생일대의 예술작품
입니다

당신은 맨 정신으로, 그것도 벌건 대낮에 그런
작품을 만들어낼 수 있겠습니까?

오로지 당신 자신에 의해, 당신의 자력으로 당신
은 지금 벌벌
떨고 있는 중입니다

* * *

연기와 거울‡

아까부터 귓가에 벌 떼 소리 들려옵니다

아니 그저께부터였을까요?

이러다 저는 곧 미치고 말겠지요

그러나 미치기 전에, 미치려는 나를 자꾸 미쳐버리려는 속도를 애써 꽁꽁 묶어놓고 꾹꾹 눌러놓다가 단번에 터뜨려버리는 힘으로, 저는 써 내려갑니다 나의 광분과 이 자유로운 음악을, 불타오르는 전열戰列을 기록합니다

호수에는 벌써 안개가 자욱하군요 그 위에 한 척의 배가 떠 있단 걸 압니다 당신은 거기서 나 몰래 또 무슨 짓을 벌이고 있습니까?

웁니다 불덩이 같은 눈물을 뚝뚝 흘리며 이 종이를 불 지릅니다 화재는 언제 봐도 정말이지 아름답

죠 혼자 구경하기엔 아까우므로 나는 이 화재를 편지지에다 옮겨 적습니다 받는 사람은 누가 될까요?

불 질러버리겠습니다 당신이 뱃놀이를 하고 있는 그 배를 지금 침몰시켜버리겠습니다 호수의 안개는 이윽고 온통 연기로 변해가고 그 꼴을 또박또박 지켜보던 저는 그만 정신줄을 놓습니다 미친 기침 온갖 딸꾹질을 여기저기 온데만데 터트리다 호수를 통째로 손에 쥐고 구겨버리고 갈기갈기 찢어도 보지만 당신의 뿌연 웃음소리만이 실내를 가득 점령해버리고 변변한 창문 하나 없는 저는 온통 매캐하고 머리끝까지 캄캄해져가다가 문득

정신을 차립니다

이 방의 난리법석을 모두 집어삼키고도 말 한마디 없이 웃고만 있는 저 거울 속 하늘

저를 끊임없이 비춰주는 저 하늘은 그러나 정말이지 너무도 맑고 청명해서

그걸 지켜보는 저를 행복하게 해요 꿈 깨게 하죠

그곳엔 끝없는 호수와 일엽편주一葉片舟, 의뭉스러운 수풀 그리고 거기 놓인 책상

앞에 앉은 저만

홀로 있을 뿐

그러니 오늘은 딱 두 줄만 더 쓰고 그만 일어나렵니다

질투에 비하면 사랑 따윈

쉽게 꺾이고 마는 풀줄기

* *

전면 거울

그리고 앞으로 나아가려 할 때마다 번번이 누군가
막아서는 자가 있었다 죄송합니다, 하고 왼쪽으로
비키면 오른쪽으로 비키고 서로 웃으며 다시
죄송합니다, 오른쪽으로 비키면 왼쪽으로 비킨다
지금 뭐 하자는 거야! 화가 난 남자는 녀석의
어깨를 밀쳐버리고 그대로 전진하고자 하였으나
딱딱하고 차가운 물질에 부딪히고서야 그것이
한 장의 거울이었다는 사실을 깨닫는다

누가 보진 않았을까, 뒤돌아본 그는
딴짓을 하는 사람들을 보고 안심하고는

거울 앞에 털썩 주저앉았다
'나를 막아서는 건 나밖에 없구나'
라는 평범한 깨달음을 혼자서만
만끽하고 싶어서가 아니라
저 깨끗한 거울을 어떻게든 소유하고 싶다는
망상에 사로잡혀서

좁은 공간을 넓히는 방법으로는 벽에
전면 거울을 설치하는 방법이 제일이죠
그러니 영혼의 면적을 넓히고 싶다면 영혼에
전면 거울을 설치하세요
실제로 변하는 건 하나도 없겠지만
보기에는 두 배로 넓어 보이고 그 사실을
인지하게 되면 갑자기 모든 게 두 배로
갑갑해지겠지만 그럴 때는 현관문 앞에

전신 거울을 하나 설치하세요
그러면 거울 밖의 내가 문 안으로
들어서자마자 거울 속의 나는 문밖으로
걸어 나가게 되어 있으니까요
어쩌면 그래서 영혼은 또 두 배로
쪼그라들겠지만

영혼이 두 배로 쪼그라들지라도
그래서 속이 새까맣게
타들어갈지라도
불타버린 자리마다 곧은 연기 솟아올라
거울에 비친 연기가 또 몇 배로
불어나게 될지라도
그래서 영혼이 연기로 가득 차 더는 아무것도
보이지 않게 될지라도

그건 거울 속 연기일 뿐

거울이 깨지면 그뿐

바닥에 널브러진 깨진 유리 조각들은

고인 물 같군

햇살에 반짝

반짝, 빛나는……

마치 거울 속의 나를 보는 듯

이 거울이 나는 마음에 드네§

도파민 믹스테이프mixtape

꿈속 등장인물들이 반항하기 시작했다

이를테면 내 꿈속에서 여관을 운영하는 삼촌의 딸, 약쟁이 JANE은 어느 날 내게 주사를 놓아달라며 나를 방으로 꼬드긴다. 방문을 걸어 잠그자마자 정량의 2배나 되는 약을 스스로 주사한 그녀는 믿을 수 없을 만큼 묵직해져서는 나를 곧장 침대 위로 쓰러뜨려버린다. **너는 네 아름다움을 두 번 다시 사용할 수 없게 될 거야** 이것은 내 위에 올라탄 그녀가 내 귀에 대고 속삭여준 대사, 그녀는 미친 듯이 웃기 시작한다. 그와 동시에 정량의 2배나 되는 약이 든 더러운 주사기를 양손에 2개나 들더니 내 양팔에 푹! 하고 찔러 넣는 것이다, 그럼 난 화들짝! 잠에서 깨어나고 난 약쟁이도 아닌데 양 팔뚝엔 주삿바늘 자국이 점점 늘어만 가고 나는 약쟁이 JANE을 붙잡으러 다시 꿈속으로 뛰어들어보지만 이번에 나는 아니 그땐 우리가 동굴 초입에 막 들어섰을 때였어, 약 기운이 돌기 시작한 건. 누구누구였는지 알 수 없지만 하여튼 우리라는 집단은 곧 거대한 구멍으로 추락하기 시작했고 몇몇은 박쥐를 타서 안전했으며 몇몇은 박쥐가 되기로 결심하자 정말 박쥐가 되었지. 박쥐에 타지도 박쥐가 되지도 못한 몇몇은 그대로 추락했지만 구멍은 끝이 없었고 그 구멍은 실은 아래로 뚫린 동굴이어서 우리는 점점 현기증에 가까워지는 속도로 동굴을 탐사하기 시작했어. 우리가 우리의 아름다움을 모두 사용해버릴 만큼 오랜 시간이 지났을 무렵, 귀신도 곡할 효과음을 내며 박쥐들의 날개가 불타올랐고 역시 태어나길 잘했다고 우리가 생각했을 때였지, 약 기운이 떨어지기 시작한 건. 누구누구였는지 알 수 없는 우리라는 집단은 갑자기 태어나지 말았어야 할 동물들처럼 날개를 잡아 뜯긴 박쥐들처럼 동굴 초입에 널브러진 채 찍찍거렸고 미친 듯한 갈증과 함께 나는 다시 잠에서 깨어났어. 나는 약쟁이 JANE이 너무 보고 싶고 필요해져 다시 꿈속으로 거침없이 뛰어들었지

그 위에 나는 서 있었다. 부들부들 떨며, 홀로 주삿바늘 구멍이 숭숭 뚫린 두 팔을 감싸 안으며 오지 않는 시베리아대륙 횡단열차를 기다렸다. 다시는 내 아름다움을 사용하지 못할 거란 공포를 품에 안고 전속력으로 핏줄을 뚫고 들어와 핏속 목마른 꽃나무들 모조리 확! 확! 한순간에 들끓게 할, 보드카 몇 박스처럼 묵직할 열차를 기다렸다. 역장은 자꾸 내게 한 시간만 더 기다리라 말했고, 한 시간 뒤에 물어보면 다시 내게 한 시간만 더 기다리라 말한다.

주위를 둘러보면 사실 그곳은 플랫폼도 아니고 레일도 미처 준비하지 못했는데, 그래도 눈보라 치는 흰색과 회색의 플랫폼, 거기서 나는 기다렸다. 영영 오지 않는 열차, 그러나 언젠가는 올 사신死神의 낫과 같은 열차를, 결국 전속력의 2배나 될 열차를

* *

응급실

……허락하소서 우리에게
누구보다 더 멋진 악몽을 꿀 권리를
오늘도 하루 내내 지하철에서 사무실에서 식당에서
술집에서 카페에서 그러나 무엇보다도 거리에서

거리와 거리 사이에서 다들
악몽의 재료를 모으느라 분주했으니까
진이 다 빠졌으니까
(등 쪽으로 빛나는 단도를 들이밀며)
그건 니들이 다 내게 준 거니까
이제 책임을 지시지?

……낮의 일에도 밤의 일에도
너무 깊숙이 관여해버린 자여
영원히 맑고 깊은 꿈 있으라!
모두가 모두를 능가하는 밤에
모든 게 모든 걸 능멸하는 밤에
누구의 것보다도 어둡고 멋진 미로를 헤맬 권리를
그것은 무분별한 사랑!
(피를 흘리며 고꾸라진다……)

꿈속으로 구급차가 쳐들어왔습니다 깊이 잠들지 못한 탓입니다 다친 사람은 아무도 없는데 구급차의 한숨과 욕설이 하얗게 얼어붙고 결정적으로 꿈밖에서 다친 사람들이 길 위에서 비참하게 얼어갑니다 제 탓입니다 제가 치밀하지 못한 탓입니다 잠이 덜 깬 채 밖으로 뛰쳐나가서 꿈은 그 자리에서 얼어버렸습니다 **내 탓이오** 당신들이 읽던 신문은 금세 빙판이 되고 **내 탓이오** 그 위로 미끄러지는 꽁꽁 언 눈알들의 전속력, **내 탓이로소이다** 그리고 올해 가장 어두운 겨울, 눈보라 치는 흰색과 회색의 플랫폼

* * *

데칼코마니

마침내 소프라노가 입을 열자 오래 참은
폭포가 쏟아져 내렸다 그 주위로
기절한 무지개 몇 줄
둥둥 떠다녔고 우리가 그 화면을
반으로 접었다

펼치고 접었다

펼치자 기절한 시간은 금세 수백 배로 불어나
꿈 밖으로 탈출하는 악령들의 일용할 양식이 되었고

이후로도 꿈은 계속되었다 꿈 위로 둥둥

젖은 사진들 떠다녔고 누가 사진 한 장 집어 들어 한참을
들여다보다 버리는 장면에서 정지해
모든 게 처음부터
다시 시작될 때까지

우리는 그 화면을 접었고 다시는
펼치지 않았다
그 화면이 영원히
속으로 접히는 줄도 모르고

‡ smoke and mirrors. 속임수라는 뜻.

§ 푸시킨이 자신의 초상화를 그린 화가 오레스트 키프렌스키에게 보낸 시의 한 구절.

골 때리는 아름다움
—대가리 속 회오리

도로시…

양철 인간과 사자와 허수아비가 모두 반 토막이 난 채 길가에 버려져 있었는데 나는 마치 내가 그것들을 전혀 몰랐다는 듯 외면하고 내 갈 길을 가고 있었다 내가 죽였으면서 악령이 죽였다고 하고 여기에는 있지도 않은 악령을 탓하면서…

도로시…

양철 인간의 몸뚱이처럼 녹이 슬어가는 차가운 겨울, 죽은 허수아비의 몸이라도 좀 떼어 올걸 그랬어 사자 고기라도 좀 챙겨 올걸 그랬어 어차피 다 죽었는데 뭐 어때 왜, 내가 그렇게 큰 잘못을 저지른 건가? 그렇다면 그렇다고 말해 얼른 말하라니까? 말해 말해 말하라고 제발! 이런 씨발 회오리!

회오리바람이 들어갔나봐 미칠 것 같아 이게 언제 내 머리 안에 들어간 거지? 몸의 너무 많은 구멍들—아하 여기로 들어간 거구나 내가 잠자리에 누웠을 때 옆에 잠잠히 있다가 내가 잠이 들자 다시 빙빙 돌기 시작해 내 안으로 옮겨 온 회오리 너는 아직 나갈 생각이 없나 보구나 너는 나를 좀 더 괴롭히고 싶은 게로구나 내가 꼭 너 같아서 나만 보고 있으면 너는 계속 화가 치밀어서 끝도 없이 빙글빙글빙글…… 돌아버리는 거구나 그렇구나 그렇다면 계속 그렇게 거기서 빙글…… 빙글… 빙글

골 때리는 아름다움
—창백한 푸른 점*

꿈에 지구가 되었다

어둡고 찬 공간 속에 붕 뜬 채
계속 돌았다
돌기만 했다

다른 별들이 말 걸지 않았다

서로 너무 멀리 있었고

서로가 서로에게 딱히
해줄 수 있는 게 없었다

인간으로 돌아온 후
여전히 내 발아래 지구로 남아 있는

지구를 생각했다

그때 해줄 수 있는 게 있었을 것이다

나는 인간으로 돌아왔는데
지구는 여전히 그 시커멓고 차가운 집
우주宇宙에 남아 있다

* 칼 세이건, 『창백한 푸른 점』.

즉흥 탱고
—6′ 23″

그 남자의 탱고 연주에는
한 남자의 평생이 담겨 있지
애인들을 다루던 능수능란함으로
구석구석까지 탱고를 쓰다듬는 손길
배신당할 줄 알면서도 사랑했으나
결국 예감이 적중했을 때의 모멸감은
몇 개의 손동작에 아직 그대로 남아 있지
그러나 여전히 함께 남은 이상한 망설임이
손끝의 떨림과 설렘을 기어이 숨기게 만들고
배신자가 된 후 또 다른 배신자들로부터
다시 오래도록 배신당했던 긴긴 겨울 떠올리면
손가락 열 개가 모두 동시에 어는 듯해
그럼 공중은 서서히 사색이 되고 관객들은 갑자기
창이 모두 깨진 겨울의 술집에 앉아 있게 되고
장황한 입김을 내뿜거나 거친

기침을 토하게도 되지만

마침내 단도를 뽑았을 때의 뜨거운 기억이

언 손을 녹여 연주를 계속하게 하지

단도가 날아다니듯 빠른 속도에 관객들은 손에

땀을 쥐고 음표들은 단 하나의 빗나감도 없이

각자의 추억을 모두 명중시키지

멋진 양복과 드레스를 빼입은 노부부들의 내면이

더럽게 아름다운 바닥처럼 피로 물들 무렵

총성이 울리듯 마침내 연주는 끝이 나고

누가 쏜 총인지 누가

먼저 쐈는지 누가 맞고 누가

쓰러졌는지 누구도 알지 못한 채

혹 살아 있다고 한들

결국엔 내 차례가 오고 말 거란 딱딱한 확신과

정적 속에 탱고 연주자는 감았던 눈을 뜨고

범죄 현장같이 펼쳐진 내면들을 살피지

이윽고 우산에 투둑, 빗방울 떨어지듯

몇몇 박수 소리 들려오더니

곧이어 객석에서 이구아수폭포 같은 박수 소리 쏟아지기 시작하네

남자의 연주에는 끝이 있고

남자의 연주 끝에는 한 죽음이 있고

다음 연주 끝에도 삶이 있을진 오늘 이 자리에 참석한 그 누구도

장담할 수 없지만

일단은 있는 힘껏 박수를 치네

끝도 없이 치는 박수가 귀를 먹먹하게 하고

마음 먹먹하게 해

잠시나마 온갖 두려움

뒤덮어버리게

전율의 밤

오늘 너의 슬픔은 성대해
날개를 펼치면 몇 배로 불어나는 곤충이나
간만에 베풀어진 파티만큼이나 성대해 믿을 수
가 없고

너무 작아 늘 두 날개를 모두
펼치고 있는 곤충처럼
날개를 다 펼쳐도 기껏 고만할 뿐이어서
도저히 접을 순 없을 지경, 이라고밖에는

그렇게 누구는 사력을 다해 날개를 펼치고 있는데
그럴 때 누가 옆에 와서 한다는 소리라곤
"제발 날개를 접어주세요
내가 당신의 본모습을 알 수 있게"

그 말은 너무 어두워서 나는 그 말 앞에 밤새
촛불을 켜두어야 했고

그 촛불에 온갖 벌레들 몰려와 전부
타 죽고 마는 밤

풀밖에 못 먹을 것 같은 작은 입들이여
너희들의 말은 언제나
여치의 다리처럼 부러지기
쉽고
투명하지만

풀에 무수히 손을 벤 바람들이 흘리는 냄새가
말하고 있다
너희는 아직 덜 살아서

더 살아서 참패해봐야 한다고

촛불이 꺼지는 밤의 들판이 오늘 밤 지구에는 몇 개나 있나

후

불어 끄기라도 한 것처럼
고요해진
심장

우리들 울음이 벌레들 알 까는 소리처럼 작고
투명해지고
드디어 모두의 입안에서 풀벌레 새끼들 기어 나와 이곳을 완전히 물들일 때까지

촛불의 불꽃 한 줄이 끝없이
끝도 없는 정신이 돌아오지 않을 때까지 발음되고 펄럭이는 밤

아주 그냥 회까닥! 정신 나간
집 나간 당신 결국 얼마 못 가 뒤돌아보게 만드는 전율의 밤이 펼쳐진다

말도 안 되는 상황을 만들어놓고
그 속으로 들어가서 한번
지탱해보는

지금 이 밤은
철탑 위로 날아가다 그대로 굳어버리는

촛농같이 말랑말랑한 한 마리

여치, 라고밖에는

염소와 유령

배우들이 시를 읽기 시작하자
대경이 형은 어느덧 염소가 되어
무대에 올라 연기로 된
긴 풀을 뜯고 있었다
염소의 턱 움직임과 발걸음은 그러나
지극히 대경적인 것이었고
관객들은 누구도 대경실색하지 않고
조용히 풀과 같은 것이 되어갔다
전파의 교란으로 스피커가 찢어져
누구는 비명을 질렀고
누구는 외계인의 음모라고
극단장은 제발 그 입 좀 닥치지 못하겠느냐고
고함을 질렀다
지극히 배우적인 목소리인 동시에
배우가 채 되기 전 목소리로

그러나 무대에 올라가면 다시 다들
배우의 목소리로
영등포구 당산동 유원종합상가 지하로
한참을 걸어
내려가다 보면 나오는 작은 극장
관객은 출연진이 전부
괜히 폼 잡는 게 싫어
최대한 폼을 잡지 않으려 애를 쓰며
전직 유령 작가였던 가수가 노래한다
책이 두 권 도착한 날 더 이상
유령 짓은 못해먹겠다고 결심한 가수의 노래는
그러나 아무래도
유령적인 것이었고
다시 한 번 무대 위로 연기가 깔렸고
노래가 끝나자 박수가 앙코르가

쏟아졌다 객석이 꽉 차 있었다

더 이상 채워선 안 될 것들

채울 수도 없는 것들로 가득 차 있었고

그래 낭독회에는 어둠이 제격이지

형과 나는 그것들을 거기 다 그대로 둔 채

조용히 다시 지상으로

걸어 올라갔다

대왕가오리의 고독

침실이 전부인 방
나는 가만히 앉아 네가 한 마리 대왕가오리로 변하는
모습을 본다
이윽고 넌 방 안을 우아하게 헤엄쳐 다니며 여기저기
자유로이 배설하고
벌거벗은 채 쓰러진 너의 모습은 마치 포획된 한 마리
대왕가오리
그 대왕가오리의 고독만 같구나
종이에서 대왕가오리를 오려내 만든 슬픈
가면만 같구나
이럴 땐 도무지 어떤 표정을 지어야 좋을지
모르는 나는 그 가면 집어 들어 얼굴에 뒤집어쓰

고는

한동안 네가 잠든 방 안을 홀로

유영해본다

가면을 오려내고 남은 그 텅 빈 공허는

대왕가오리가 꼬릴 흔들어 흘러가버리고 남은

빈자리 같구나

빈자리는 늘 계속 늘어만 가고

네가 흘러간 자리마다 물속에 풀리는 네온 냄새가

진동을 하는구나

불을 끈 침실은 심해가 되고

너와 난 이리저리 도망쳐 다녀보지만

어디로도 도망쳐지지 않는

두 마리 대왕가오리의 고독을 여러분께 선사한다

창밖의 불빛들 물속에 스미면 고독은 좀 더

화려해져

우린 막 쇼를 마치고 돌아온 배우라도 된 기분이고

마침내 누군가는 없던 용기를 마지막 한 방울까지 쥐어짜내

이 방에, 나와 좀 더 함께

있어줄 순 없겠느냐고……

수압에 육중해진 입을 떼는데

나머지 하나는 죽었는지 살았는지 아무

말이 없고

누군가는 그만 창가로 헤엄쳐 가

가만히 밤에 달린 모든 커튼을 쳐준다

침실이 전부인 방

앞으로 두 번 다신 없을

너와

나만의

완벽한 밤바다

자동권총

LP의 잡음을 빗소리로 착각하고 창문을 열었을 때

사인死因이 분명한 시체처럼 거리는 환히 드러누워 있었고

벌써 몇 달째, 너무나도 조용한 아침
그날 밤 녹음한 총격전을 틀어놓고 잘 닦인 총열 같은 거릴 내려다본다
나무에 물을 주는 사람들과 비 맞고 환해진 이끼들
오늘도 어김없이 체호프의 책에서 튀어나와
개를 산책시키는 여인들

순간,
커튼 뒤로 몸을 숨기고
(총알 한 발 장전,)

난 거기 없었어

놈들의 피스톨이 불을 뿜었을 때

여기저기서 녀석들이 쓰러져나갔을 때

난 거기 없었어

나랑 웃으며 헤어진 네가 10분 후에 그 남자랑 껴안고 있을 때도

난 거기 없었어

꿈에도 몰랐지

꿈이라고 말할 때마다 먼바다 위에 뜬 한 척의 배가 떠오르고

그 배에 가득 실린 술통들이 풍랑에 이리저리

흔들리는 느낌

실패한 금주 선언 같은, 선원들의 뱃멀미와
우웨에에엑 재즈로 범벅이 된 눈이 내리고 있는 부둣가의 침묵

이를테면 어제 난
창밖에서 조용히 흔들리고 있는 가로수 잎사귀를 감상하며 차를 마셨지
지난해 폭풍의 기억만으로 갑자기 미친 듯 흔들린다면,
정적 속에 심긴 한 그루 나무가, 그것도 혼자서만 그러고 있다면 정말 얼마나, 쪽팔릴 것인가
그런 생각을 하며 차를 마시곤
약실에 담긴 총알의 고요함을 명상했어

눈을 다 내려버린 하늘의

검고 가벼운 투명함 속에서
찌그러진 트럼펫 같은 차들의 경적 소릴 들으며
거리로 나가
늦은 저녁을 사 먹었지

'삶은 돼지고기가 돼지로 되살아나
다시 어제처럼
축사를 뛰어다닐 순 없겠지……'

그런 생각에 단도를 박고 일어나, 충동적으로
범죄 현장의 공기를 담은 향수병을 사버렸어
병의 목을 비틀자 불현듯 환한, 빛이 쏟아졌고

불만 켜면 날아드는 총알들,
박살 나는 전구들,

어둠 속에서 홀로 깨진 전구를 밟고 있는 남자의
구둣발 아래

착 가라앉은 어둠
갑작스레 켜지는 서치라이트와
서치라이트가 뚫어놓은 빛의 원
굴러가지 못하는
애초부터 쓰러진 빛의 수레바퀴

뒤를 밟던 빛이

당황하기 시작하고

방황하는 밤 위로 피어오르는 연기들

당신은, 눈 쌓인 골목을, 내달리기, 시작한다

뒤를 밟히고
따돌리고
다시 또 달리기
시작해!

향수병을 닫고 아침부터 틀어져 있던 녹음기를 꺼봐도 자꾸만 들려오는 소리들……

그러나 이것만은 분명히 해두자
드릴로 벽을 뚫을 때의 고통은
드릴의 것도 벽의 것도 아닌
오직 양쪽 귀만의 것

고층 건물 위에서 두꺼운 유리 한 장 떨어지고 있을 때

바로 그 아래 멈춰 서서 그걸 올려다보고 있는 듯한 심정으로

(**다시 한 발 장전,**)

모든 걸 깨끗이 처리하고 집으로 돌아오던 밤

막차에 앉은 채 잠든 사내는 깨어나지

않았지, 아무리 흔들어봐도 흔들리지

않았어

버스 기사도 더 이상 부탁하지 않았고

이제 부탁받았던 사람이 쫓기듯 내리고 나면

문은 딱 한 번 더 열리겠지
그러고선 정적 속에

닫혀버릴 거야

그렇게 생각했던 밤을 생각해
내가 네 이야기를 예전의 내 이야기로 듣자
네 이야기의 디테일들이 급커브를 틀기 시작했던 밤을

그 멋졌던 밤의 텅 빈
좌석들 같은 정적을 생각하며 곧 눈을 쏟을 듯 흐리고 묵직해진
하늘의 떨림을 사랑하며
방금 벗은 스타킹을 다시 신겨주고

방금 벗은 하이힐을 다시 신겨주듯

다시 한 발

장전.

오늘은 유난히 밤이 길군

축 늘어진 팔다리처럼

지평선에 가까워져 바닥에 펼쳐지는 몸뚱아리처럼

오늘은 길어지는 밤이 끝이 없군

길군

초자연적인 밤

길어지는 밤 위로 서 있는 건물들의 피로가

문을 닫고 또각또각 아주

큰 소리로 걸어 나가는 밤

걸음걸음 복도에 아주 자신 있게 울려 퍼지는 밤

잘 들어, 나는 아주 오래 살 거야

네가 늙어서 추해지고

누구도 네게 찝적거리지 않을 때까지

네 새끼들이 병상에 누운 네가 죽을 날만 기다리고 있을 때

옆에서 비웃어줄 거야

아주 건강하고 아름다운 모습으로

아아주우 오오래애, 나는 살 거야

아름답지 너는,

위스키병이 박살 나는 것만큼이나 아름다워

상상할 수 있겠어?

병 하나에 담긴 술이 순식간에 얼마나 넓게 펼쳐지는지

고요하고 딱딱하던 유리는 순간 얼마나 크고 멋진 소리를 내며 스스로를 포기하는지!
몇 초 만에 방 안을 장악하는 냄새와
여기저기 오만 데서 빛을 발하는 예리한 유리 조각들

벗은 옷을 다시 입혀주고

쾅!

하고 문을 닫고

딱,

하고 불을 끄듯

마침내 혼자가 될 수 있다는 듯
당겨지는 방아쇠들

누가 꿈에 내 사주를 봤는데
귀인 사주라고 했다지
졸지에 귀인이 되어
큰대자로 여기 한번 누워본다
어렸을 적, 손에서 놓친 풍선이 희미해져가는 걸
쳐다보던 기분
그걸 아직도 쳐다보고 있는 마음으로
고수부지의 짙푸른 풀밭 위에, 나 홀로 팔 벌리고!
드러누운 채로……

라디오에서 들려오는 소리를 네 목소리로 착각

하고 거기 대답해버렸을 때
내 표정은 신원을 알 수 없는 시체처럼
얼굴 위에서 도망치고 있었고

오늘은 나들이하기 좋은 날씨가 되겠습니다

벌써 몇 달째,
너무나도 조용한 아침

이봐, 우리는 실로 다양한 방아쇠들로 격발돼왔다
자동권총은 계속해서 장전과 격발을 반복하다 마침내 탄창에 총알이 다
떨어지고 나면 딸깍거리는 소리밖에는 낼 줄 아는 게 없어진다는데

이렇게 긴 시를 쓰고 있다는 것 자체가
이미 네게 패했다는 뜻

어쨌거나 탄창이 텅 빌 때까지 쏘고 나면
다시 텅 빈 약실의 고요함이 오겠지

턴테이블의 픽업이 제자리로 돌아가자 착각은 사라지고
거리는 생사生死를 초월한 채 눈앞에 펼쳐져 있다

잘 닦인 총열 같은 거리로 뛰쳐나가
나무에 물을 주는 사람들과
비 맞고 환해진 이끼들
오늘도 어김없이 체호프의 책에서 튀어나와
개를 산책시키는 여인들을 다 휘갈겨버리고

내게도 한 방 먹이는 거
그건 내 스타일이 아니야

넌 총이 한 자루 있다면 얼마나 좋을까
하고 생각해
영화에서 본 베레타 M9 같은 총
그리고 나 혼자 있을 수 있는 공간이 있다면 정말
얼마나 좋을까

겨우 총알 한 방으로 엉망진창이 된 몸을 남들에게 보이느니
나무에 물을 주던 사람들과 한가로이
개를 산책시키던 여인들이 모두 내 앞에 몰려와
배신당했다지?
아니 요즘 세상에도 이렇게 순진한 남자가 있다니

이건 뭐 천연기념물 수준이네
호들갑들을 떨고 있을 꼴을 보느니

차라리 살고 말지

하고 생각해

나 혼자 죽을 수 있는 고요와
한 자루의
총이

이 세상엔 없다니

PIN

014

양육관羊肉串의 괴로움—동대문

황유원

에세이

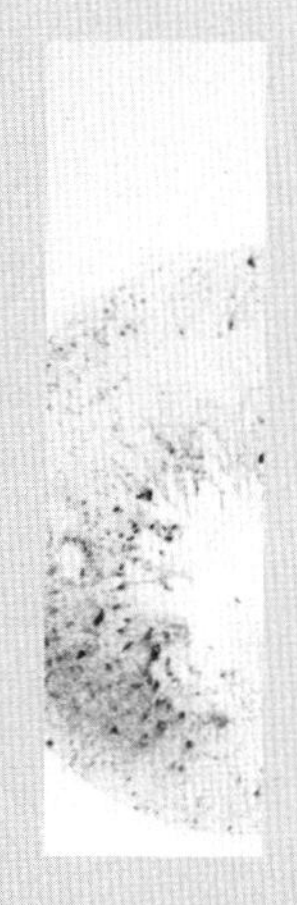

양육관羊肉串의 괴로움
—동대문

도봉구, 그러니까 방학동과 쌍문동에 대해 쓰려다 만다. 수령 550년이 넘었으며 서울시 제1호 지정보호수인 은행나무가 있고 연산군묘와 정의공주묘가 있고 우리가 가장 좋아하고 거의 유일하게 인정하는 군만두를 파는 수정궁水晶宮이 있으며 어느 초딩이 "개쩜ㅋ"이라는 소감을 남겨두었던 김수영문학관이 있는 곳. 그곳은 우이암과 원통사로 가는 길목이며 무엇보다도 네가 30년 넘게 살아온 너의 집이 있는 동네이지만, 나는 그곳에 대해 쓰려다 만다. 나는 너의 집 앞 놀이터에서 15분 정도 멍하니서 있어본 적이 있고, 오늘 열 시에는 둘리뮤지엄이 개관한다고 했는데, 거기서 10분 거리에 사는 너는 늦잠을 자느라 못 갔다고 말한다. 나는 찬물을 배 속에 넣고 불리면 돼, 라는 도우너의 말을 떠올리며 오늘 점심으로 컵라면을 먹었다. 너는 한 스님과 찬물에 라면을 불려 먹은 적이 있고, 나는 그걸 시로 쓴 적이 있다. 너는 아직 그 시를 보지 못했으며, 나는 오늘 저녁 동대문에서 너와 또 다른 너를 만날 것이다. 오전에 도봉구에 갔으면 도봉구에 대해 썼을까. 아무래도 상관없는 일이다. 산문을 써보는 건 실로 오랜만의 일이다. 나는 굳이 포커스를 맞추지 않기로 한다. 결국 횡설수설이 되겠지만, 그러나 죽이 되든 밥이 되든, 한번 써보자. 나는 생각을 지배하는 스타일이 아니며 그것을 배척한다. 배척이라. 꼴에 배척이라니, 아주 웃기고 있다. 닥치고 마음 가는 대로 아무 일이나 아주 마구잡이로 배열해보자.

종종 동대문에 간다. 물론 친구들과 함께 고기와 술을 먹으러. 언제부턴가 그곳이 내겐 서울에서 가장 편한 곳이 되었다. 물론 여기서 동대문이 동대문 구만을 뜻하는 것은 아니다. 우리는 동대문역과 동대문역사문화공원역 근방을 모두 동대문이라 부른다. 그것은 아마도 우리의 해이한 정신 상태를 여실히 드러내주는 언어 습관일 것이다. 내게 동대문과 가장 다른 곳은 아마 홍대쯤 될까. 그 둘은 해외 여행지의 뒷골목과 메인 로드 같다. 여하튼 내게는 동대문 쪽이 훨씬 잘 어울린다. 나는 점점 누추해지고, 뻔뻔해지고 있으므로.

내가 생각하는 시는 기본적으로 잡종, 그러니까 하이브리드다. 원관념과 보조관념이라는 말. 나는 그것이 처음부터 잘 이해되지 않았다. 아니 나는 그런 종류의 사고방식을 용인할 수 없다. 우리가 무언가로부터 다른 무언가를 떠올려 그것을 호출한다면, 그것들은 둘 다 동시에 무대 위에 오르는 것이다. 다른 하나가 나머지 하나의 그림자나 무의식 같은, 뭐 그런 게 된다기보다는. 이를테면 타이프라이터와 딱정벌레와 자동차와 철제 다리 보조기를 하고 걸어가는 사람을 하나로 놓기. 척추동물과 무척추동물을 한 공간 안에 자연스럽게 밀어 넣기. 그것들은 현실에서는 절대 한자리에 놓이지 않지만 글에서는 그것이 가능하다. 흔히들 비유라고 부르는 방법을 통해. 섞이지 않는 것들을 섞인 것처럼 보이게끔 하기. 그래서 a도 b도 아닌 모호함, 어떤 열린 상태의 에너지를 만들어내기. 물론 거시적으로 보면 이 모든 게 너무나도 명징한 강박의 울타리 안이겠지만.

동대문도 내게는 어느 정도 그런 공간이라 생각한다. 동대문. 동대문에는 무엇이 있나. 옆자리에 앉아 껌을 질겅질겅 씹어대고 있는 낯선 이의 입에서 나는 달짝지근하고도 역겨운 껌 냄새 같은 거. 내게 동대문은 심지어 패션이나 쇼핑몰과도 무관한 곳이다. 다시. 동대문에는 무엇이 있나. 동대문에는 온갖 양육관羊肉串과 네팔인들이 운영하는 인도 식당과 몽골타워의 몽골 식당과 사마리칸트니 사마르칸트니 하는 우즈벡 식당들이 있다. 나는 거기서 주로 육식을 하고 칭따오를 마신다.

창밖으로 창신동 완구점 거리가 보이는 자리. 어느 날 나는 그곳에서 짐과 쓰레기 박스를 날라대는 청년들을 보며, 거기서 느껴지는 약간의 수치심을 안주 삼아 낮술을 마셨다. 그러나 수치 또한 경험의 한 종류일 뿐이며, 작가에게 모든 경험이란 글감에 불과한 것. 글감이란 말은 지나치게 예쁘장하군. 재료라고 하는 편이 더 나을까. 잘 저며서 재워둔 이 고깃덩어리들처럼. 나는 열심히 양꼬치를 구우며 계속 생각해본다. 물론 나도 일을 한다. 언제나 일을 한다. 일을 쉬었던 적이 있기나 했었는지 모르겠다. 그러나 나는 주 5일 출퇴근을 하지 않는 일은 기본적으로 일이 아니라고 생각하며, 동시에 나의 이런 생각은 틀린 것임을 안다. 나는 직장 몇 군데를 전전했던 적이, 그러니까 가는 데마다 모두 때려치웠던 전력이 있다. 어딜 들어가든 부장까지는 해봐야 제대로 된 작가가 될 수 있을 거라는 나의 다짐은 그렇게 쉽게 무너졌다. 하지만 이 얘긴 이제 그만. 나는 새벽부터 오전까지 쭉 편의점에서 일을 하고 온 또 다른 너와 함께 낮술을 마시는 호사를 망치지 않으려 애써본다. 양꼬치 굽는 냄새가 진동을 한다.

장소와 시간을 바꿔서 다시 시작해보자. 시. 나는 내 시가 동대문에 가까운 것이 되었으면 좋겠다는 생각을 가끔 하지만, 또 한편으로는 결국 나의 시란 내게 들어온 외부 이미지들이 나라는 하나의 습관을 통해 배출된 아웃풋이라는 생각밖에는 들지 않는 것이다. 물론 외부 경험의 집적이 틀을 바꿔놓을 수도 있다는 점에서 이 생각은 도식적이고 그 기반이 취약한 것이지만. 그렇다면 내 시를 읽는 사람은 무엇을 얻을 수 있는가. 내가 한 경험들은 그리 특별한 것이 아니다. 물론 특별함이란 상대적인 차원의 것이긴 하지만. 인간이 할 수 있는 경험 중에서 가장 극단적인 것은 신비체험과 연쇄살인이라고 생각하는데, 나는 그 두 가지 모두 해본 적이 없다. 어떤 의미에서 이 두 가지를 해보지 않은 사람의 글은 별 볼 일 없다고도 말할 수 있다. 그렇다면 나라는 습관은 어떠한가? 나라는 습관. 37년 묵은 먼지 쌓인 틀. 나의 습관이 무엇인지 나도 잘은 모르지만, 그건 아마 이 짧은 글에서도 어느 정도 드러날 것이다. 산문은 전혀 내 장기가 못 됨에도 불구하고 그러한 사실을 부정하는 건 한 인간으로서 비겁한 일이겠지.

어쨌든 나는 지금 어느 양육관에 있고, 너는 내 앞에서 땀을 뻘뻘 흘리며 양꼬치를 굽고 있다. 창밖으로 '두손직업'이라고 써놓은 건물 창문이 보이고 옆에는 크게 전화번호가 붙어 있다. '두손직업'이 뭐지? 나는 글쓰기가 한 손 직업인지 두 손 직업인지 생각하다가 그건 아마 직업은 아닐 거라고 생각했고, 생각은 거기서 끊어진다. 너는 한 손으로 양꼬치를 구우며 계속 땀을 흘린다. 너는 선풍기를 네 쪽으로 고정시켜도 된다는 나의 말을 듣지 않는다. 나는 네가 그럴 걸 알고 있음에도 불구하고 그렇게 말했다. 그런 것 같다. 그때 네 쪽으로 선풍기를 고정시켜줬어야 한다는 생각을 지금 해본다. 너무 뒤늦게. 부디 나를 용서하길. 이어서 우린 양갈비를 시켰고, 그건 양념된 살이 붙어 있는 양의 늑골이었고, 그건 내게 프랜시스 베이컨에 대한 과거의 질투심을 잠시 상기시켰고, 그러거나 말거나 우리는 그걸 구우며 계속해서 미드 「한니발」에 대해 얘기했다. 나는 인간을 먹는 것보다는 양을 먹는 게 훨씬 더 비윤리적일 거라고 생각했으나, 거기엔 별 근거도 확신도 없었으므로 그냥 잠자코 있었다. 너는 '비벌리 카츠'의 시체가 전시된 장면을 보고 큰 충격을 받은 후로 너의 가까운 지인이 꼭 그렇게 살해당할 것만 같다는 생각에 강박적으로 시달렸다고 말했고, 나는 아직 보지 못한 그 장면을 기대하고 있겠노라고 말하며 다시 양꼬치 다섯 개를 뒤집었다.

이어서 2차로 간 선술집에서 주문한 정종이 너의 주문과는 달리 차게 나오자, 너는 그걸 데워달라는 말을 하지 못했고, 나는 그 말을 못하는 너를 위해 대신 그 말을 해주지 않았다. 나는 네게 무엇인가.

나 따위가. 감히 나 따위가 이런 글을 쓰고 있다. 나 따위는 너에게 무엇인가. 너도 나에게 너 따위에 불과한가. 나날이 무기력해지는 너. 새벽부터 아침 내내 일을 하고 잠시 눈을 붙인 다음 나를 만나기 위해 일어나서 밖으로 나와 지금 내 앞에서 양꼬치를 구우며 땀 흘리고 있던 너. 그래가지고 소설은 어떻게 쓰냐는 나의 말에 30분 앉아 있기도 힘들다고 말하는 너.

이 선술집에는 다른 너와 더 자주 오곤 했지. 지금은 중국에 있는 너. 너랑 마지막으로 마시던 날 새벽, 너는 자꾸 한 잔만 더, 라고 말했다. 정말 나랑 헤어지기 싫다는 표정으로, 그러나 이제는 정말 지쳐서 그만 가고 싶어 하는 나를 끝까지 붙잡으며 한 잔만 더, 라고 말했다. 그 말이 아직도 귓전에 울린다. 정말로. 그리고 그 울림이 그날의 분위기와 기분을 지금도 고스란히 재현해주는구나. 이럴 줄 알았으면 정말 딱 한 잔만 더 마시고 헤어졌을 것을. 나는 그날 일을 「대륙적 기상」이라는 시로 써서, 네가 볼 수 있도록 일부러 어느 웹진에 발표한 다음 네게 링크를 보내줬는데, 웬일인지 너는 그걸 보지 않았다(혹은 보고도 아무 말 하지 않았다). 그렇게 너는 떠났다. 여전히 취한 채로. 너와 다시 동대문에서 술을 마실 날이 올까. 술을 마시지 않으면 당최 잠을 이룰 수 없다고 말한 너는 지금도 중국에서 홀로 술을 마시고 잠자리에 들고 있을까. 그런데 사실 한편으로 나는 속이 시원하기도 하다. 더 이상 네게서 돈 애기를 듣지 않아도 되니. 돈, 돈, 돈. 너와 술을 마실 때면 늘 빠지지 않고 등장하던 그놈의 돈 애기. 돈 애기가 계속될 것이다. 내가 돈에 관한 한 너무 무지하다며 나를 한심하고 안타깝게 바라보던 그 눈빛도 계속될 것이다.

돈. 난 왜 이렇게 돈이 안 되는 일만 골라서 하고 있나. 그래서 무슨 영광을 누리겠다고. 그러나 돈은 많이 못 벌어도 좋으니, 내 인식을 계속해서 헤집어만 다오. 모르던 무언가를 알게 해다오. 나는 알고 싶다기보다는 지금 내가 (잘못) 알고 있는 것의 껍질에 균열을 내고 싶다. 그러니까 내게 예술이 가장 멋있게 느껴질 때는 그것이 내게 모종의 충격을 줬을 때, 그래서 조금씩 균열이 이는가 싶더니 한순간 와장창 깨져버리고 마는 순간이다(라고 쓰긴 했는데 생각해보면 아직 그랬던 적은 딱히 없구나). 넌 강한 척하지만 사실 너무 나약하고, 넌 언제나 네 한 몸의 안위만을 바라고, 위로받고 싶어 하고, 공감하고 싶어 하고…… 공감? 공감이라고? 내가 아는 걸 다시 확인하는 것은 '복붙' 같은 거 아냐? 왜 그런 게 필요한데? 왜 이미 (잘못) 아는 것들로도 답답한 판에 너도 나와 비슷한 상황이라는 걸 재확인해야 하는 건데? 외로우니까. 외롭고 힘드니까. 외국 생활에 너무 지쳐서, 따뜻한 말 한마디가 내게는 하루의 끈을 놓지 않게 해주는 힘이 되니까. 그래, 그렇구나…… 그런데 그렇게 힘내서 뭐 하려고? 그런다고 내일이 오늘보다 나아질 리 없다, 그렇게 살아봤자 늘 그 경계에서 안쪽으로 몸을 피하는 것으로 만족하는 인간이 되고 말 뿐이다, 책은 뭘 깨뜨리는 도끼 어쩌고 하는 말은 정말이지 언제 들어도 돋지만, 사실 책은 정말 그래야만 하는 게 아니겠니? 아냐, 너 같은 프리랜서는 몰라…… 나 같은 정규직의 마음을, 너 같은 프리랜서 따위가…….

너무 많은 이미지들을 마구 나열해보았다. 부끄러운 글이다. 아마도 나의 부끄러움은 이 글이 아닌 다른 데서 오는 것일 테지만, 나는 오늘 그것에 대해 깊이 파고들진 않기로 한다. 부끄러움보다 피곤함이 더한 것도 누가 보면 부끄러운 일일 테지만. 그러나 아무리 부끄러움을 느낀다 한들, 그것은 어디까지나 우리 인간들이 편의상 만들어낸 관념이며, 따라서 머지않아 사라질 것임을 안다. 그것의 주인인 인류와 함께. 이건 자기합리화와는 완전히 다른 것인데, 그런 생각을 하면 편해진다기보다는 더욱 멍해지고 뭐가 뭔지 당최 알 수 없게 되어버린다. 나는 대체로 실감을 늦게 갖는 편이다. 원래 그랬고 나이를 먹을수록 점점 더 그렇게 되어가고 있다. 나는 반쯤 유령이다. 기억을 통해 간신히 인간이 되었다가, 다시 기억을 통해 인간도 유령도 아닌 무엇, 희미해지고 왜곡되어가는 기억의 창고 정도의 존재로 조립되어지고 있는 나. 반쯤 유령에게 글은 무엇인가. 유령과 인간의 어느 사이에서 지금도 나는 생겨나고 나는 사라진다. 그동안 내가 먹은 고기들이 다 무슨 의미란 말인가. 양과 눈雪의 이미지를 겹쳐 쓰길 좋아하는 주제에, 카스에 처음처럼을 말아 먹으며 양고기를 씹어대는 내가 대체 어디에 무슨 쓸모가 있단 말인가. 나는 더 이상 이런 음식들을 먹고 싶지 않다. 풀만 먹다 죽을 수 있다면 얼마나 좋을까. 산신처럼 살다 갈 수 있다면 얼마나 좋을까. 그러나 습관을 이길 순 없겠지. 한니발은 말한다. "맛이 정신에서 자리 잡은 부위는 연민보다 우월해요. 식탁에 연민의 자리는 없죠." 나는 오늘도 어김없이 패한다. 창문을 열고 먼지를 턴다. 아직 저녁 약속 시간이 되려면 멀었구나. 여름이다. 며칠 전 길에서 유충 상태로 주워 와 우화시킨 매미가 벗어놓고 간 화초 위의 허물은, 먼 우레 속에서, 바람이 아무리 불어도 여전히 떨어지지 않고 있다.

이 왕관이 나는 마음에 드네

지은이 황유원
펴낸이 김영정

초판 1쇄 펴낸날 2019년 3월 25일

펴낸곳 (주) 현대문학
등록번호 제1-452호
주소 06532 서울시 서초구 신반포로 321(잠원동, 미래엔)
전화 02-2017-0280
팩스 02-516-5433
홈페이지 www.hdmh.co.kr

ISBN 978-89-7275-961-4 04810
978-89-7275-959-1 (세트)

* 책값은 뒤표지에 있습니다.
* 이 도서의 국립중앙도서관 출판예정도서목록(CIP)은 서지정보유통지원시스템 홈페이지(http://seoji.nl.go.kr)와 국가자료공동목록시스템(http://www/nl/go/kr/kolisnet)에서 이용하실 수 있습니다.
(CIP제어번호: CIP2019008155)
* 이 책은 2016년 한국예술창작아카데미 지원금을 받아 출판되었습니다.